Phanie Reale

Les coupures

© 2021 Phanie Reale

Édition : BoD – Books on Demand,
12/14 rond-point des Champs-Élysées, 75008 Paris
Impression : BoD - Books on Demand, Norderstedt, Allemagne

Illustration : Photo d'archive

ISBN : 978-2-3223-7593-6
Dépôt légal : Juillet 2021

Pour mon premier lecteur

Piste 1:   Le début

Tess: Atchoum! Fais chier d'éternuer comme ça.

Neil: A tes souhaits.

Tess: Ta gueule.

Neil: A tes souhaits quand même.

Tess: Ta gueule. On vient de s'engueuler, j'suis pas d'humeur. Pas la peine de faire le faux-cul avec tes manières de grand prince. Pas envie de t'entendre. Ta gueule.

Neil: Tout de suite, t'es vulgaire. Moi, je ne suis jamais vulgaire.

Tess: Oui, mais t'es chiant.

Neil: N'importe quoi.

Tess: Ah si putain, t'es chiant.

Neil: Des hommes comme moi, on n'en voit plus.

Tess: Sans déconner? On se demande pourquoi…

Neil: T'es vraiment pas agréable. Moi, je suis toujours agréable.

Tess: Oui, oui, je sais. Toi, t'es ceci, t'es cela. T'as toujours tout pour toi. T'as toujours raison. T'es parfait. Et moi, ben... j'suis seulement la conne de l'histoire. Et, je veux pas continuer l'engueulade.

Neil: Je suis parfait, c'est toi qui le dis... Tu pourrais faire des efforts. Etre plus souriante...

Tess: J'en fais. Ca me crève la peau tellement j'en fais. Regarde, j'ai même des rides au coin des lèvres à force de sourire après les cris.

Neil: Hum...

Tess: J'en fais, mais tu vois pas. Tu veux pas voir. Pour que cela reste facile pour toi et que tout le reste soit de ma faute.

Neil: Facile? Tu crois que c'est facile pour moi? De vivre avec quelqu'un comme toi? Je mériterai une récompense. Homme de l'année. Que dis-je? On devrait m'ériger un monument.

Tess: Je te rappelle que tu disais que tu voulais vivre avec quelqu'un comme moi. Tu veux des gerbes de fleurs au pied du monument ou c'est too much? Pour la gerbe, je peux, les fleurs c'est moins sûr...

Neil: T'étais différente. T'as changé. Avant, c'était mieux. Et puis tu n'es pas drôle. Tes blagues sont vulgaires.

Tess: Tout le monde a pas un balai dans le cul. Mes blagues, elles te plaisaient et ma « vulgarité », tu disais que c'était rafraîchissant. Sincère même. Je suis drôle mais tu ne me trouves plus drôle. Nuance. Je n'ai pas changé. Je suis la même. Tu veux que je te la chante à l'Italienne? Mais, avant on vivait pas ensemble. Tu me connaissais mais tu ne connaissais pas celle que j'allais être avec toi.

Neil: Je comprends rien à ce que tu me dis mais par pitié ne chante pas. Surtout à l'italienne. Dès fois, j'ai l'impression que tu oublies que tu n'es pas un homme...

Tess: Vraiment, tu comprends rien? Pour une fois, c'est moi qui vais t'expliquer alors. A ma manière de femme qui se prend pour un mec. Tu vas adorer.

Neil: Tu ne m'expliqueras rien du tout. Je te dis seulement que tu t'exprimes mal.

Tess: Hop, encore de ma faute, t'es trop fort. Il n'y a pas un « avant moi » ou un « après moi ». Moi, je suis toujours là. La même. Ce sont les circonstances qui ont changé. Tu me voulais tout le temps. Tu m'as. Tu croyais que vivre ensemble ce serait comme une fête de tous les instants. Bienvenue dans le monde réel mon amour. La vie à deux, c'est la chienlit. Tout le monde le sait mais tout le monde s'obstine.

Neil: Pas du tout. Ca peut marcher. Il faut juste que tu fasses des efforts. Ce sont des étapes. Après, ce sera plus calme.

Tess: Alors là, c'est toi qu'es trop drôle! Plus calme? On vit à deux pour être au calme? Quand je te dis que t'es chiant! Triste comme la pluie. Au moins, ma gouaille réchauffe: je suis vulgaire mais vivante.

Neil: Ta gouaille? Ma chérie, es-tu sûre de maîtriser ce vocabulaire? On peut avoir de la gouaille sans être vulgaire.

Tess: Et connard, tu l'écris comment? Moqueuse, insolente, c'est la gouaille. La vulgarité, c'est ma touche personnelle. Evidemment, cela te dépasse. Tu es tellement dans tes petites cases, snob, coincé...

Neil: Je t'ai plu ainsi non? Argument à double tranchant. Et, vivre ensemble, tu as dit oui.

Tess: Oui, mais je t'avais prévenu. L'érosion affective? Rappelle-toi. On doit en être au stade deux...

Neil: Encore une de tes idées déjantées. Stade deux?

Tess: Premier stade. Constater les transformations silencieuses. « Les premiers silences, les premiers évitements et les premiers frôlements non amoureux... » Voilà ce que ton quotidien a produit.

Second stade, leur donner corps par des engueulades basées sur rien. C'est nous, ce soir.

Neil: Tu cites François Jullien? Tu oublies qu'il ne prône pas la rupture. Tout est continuité.

Tess: Qui a parlé de rupture? On peut rester malheureux à deux. C'est plus pratique. Tu as un coupable pour ton malheur.

Neil: Tu es malheureuse? Tu ne m'aimes plus?

Tess: Rien à voir avec l'amour. C'est le côté tragique. Les grecs avaient tout pigé. On s'aime mais on ne peut pas s'aimer: l'amour impossible. On s'aime mais on se détruit dans l'amour. C'est beau, sincère, tragique. Et on baise, pour se rassurer. Les grecs étaient de grands baiseurs.

Neil: Donc, tu m'aimes encore?

Tess: Evidemment, tu n'as retenu que la partie de la phrase qui t'intéressait. Basique. Masculin. Dans deux minutes, tu vas vouloir qu'on baise.

Neil: Arrête. Je ne t'ai jamais baisé. Mais si tu viens vers moi, je pourrai te montrer combien je t'aime.

Tess: Tu fais chier Neil.

Neil: Je te frôlerai, je t'éviterai pas, je te regarderai, et je te ferai crier pour transpercer le silence.

Tess: C'est pour des phrases à la con comme ça que tu m'as eue.

Neil: Embrasse-moi. Sinon, je vais éternuer.

Tess: A tes souhaits.

Neil: Tess, tu es tellement belle.

Piste 2: **Les Dupond**

Tess: C'est hors de question!

Neil: Tess…

Tess: C'est hors de question!

Neil: Tess…

Tess: Tess, oui, c'est moi. Merci. Je me rappelle encore de mon prénom même si j'ai passé la quarantaine. Je suis trop jeune pour Alzheimer. Pas comme ta mère. Je me rappelle très bien avoir déjà donné avec les Dupond samedi dernier. Alors pour tes collègues de boulot samedi prochain, c'est mort!

Neil: Tess, fais attention quand tu parles de ma mère. Elle t'adore en plus.

Tess: Evidemment, tout le monde m'adore. Non, en fait, c'est parce qu'elle se rappelle jamais combien je suis chiante: avec elle, tout est toujours neuf, c'est l'avantage! C'est elle qui adore tout le monde.

Neil: Chérie, je te connais. Tu fais diversion avec ma mère. Je te parle de samedi soir.

Tess: Je fais pas diversion. Je sais très bien ce que je dis. Tu vas pas pourrir tous mes week-ends avec tes soirées poupées de cire.

Neil: Mes soirées poupées de cire?

Tess: Ouais, tout le monde est figé, mortifié, engoncé. Le petit costume, la petite cravate, le rire contenu, le sourire entendu, les bien-pensants. Ambiance feutrée à faire flipper. Tout le monde est mort mais comme c'est en couleur, on se croirait au musée Grévin! Une soirée poupée de cire. Les vitrines des grands magasins.

Neil: Métaphore intéressante.

Tess: Voilà, t'es déjà dans le thème avec ta remarque « Métaphore intéressante ». Putain, c'est la vérité, vous êtes morts et toi tu m'énerves avec tes commentaires. Vous êtes au-dessus de tout le monde? Vous les initiés!

Neil: Les initiés? Les Dupond sont initiés à quoi? Quel rapport avec mes collègues?

Tess: Initiés à la culture, aux codes. C'est votre argent qui vous donne le pass culturel et le sentiment d'être au-dessus des autres. En dessous, cela ne compte pas. Votre culture est de glace, consensuelle et triste. Une culture à chier, figée dans le classique parce que la culture c'est sérieux. Le populaire vous fait pas rire. Vous avez une culture de riches, de bourgeois, de poupées de cire.

Neil: Tu es méchante Tess. Ce soir, je n'aime pas ce que tu es. Les Dupond, ma mère, mes collègues…personne ne trouve grâce à tes yeux. Qui est jugeant?

Tess: Je ne veux pas passer un soir de plus à faire semblant. A jouer un jeu dont je ne comprends pas les règles. Je ne veux pas devenir artificielle pour donner la réplique et répondre à des normes qui ne sont pas moi.

Neil: Tu te penses meilleure que les autres?

Tess: Je ne pense rien, je veux juste être moi.

Neil: Être toi te donne le droit de juger? Les Dupond sont venus samedi. Tu étais toi. Joyeuse, bruyante et arrogante.

Tess: Arrogante? Pardon?

Neil: Oui, arrogante. Presque blessante. Pourquoi avoir bousculé Caroline?

Tess: Bousculé?

Neil: Tu lui as demandé comment c'était d'aimer à la Caroline Dupond?!

Tess: Et alors?

Neil: Qui es-tu pour juger de son amour?

Tess: Son amour est triste et chiant. Comme le tien.

Neil: Je n'en doute pas une seconde. Pour autant, n'est-il pas aussi sincère que le tien? Comment peux-tu savoir ce qu'elle ressent pour Paul? Tu crois qu'il n'y a qu'une façon d'aimer? Qu'il n'y a que toi qui sais aimer?

Tess: On parlait de la culture, pas d'amour. Tu dérives

Neil: Non, on parle de tout. Et de ta faculté à poser des étiquettes. La culture? Non, les cultures. Aimer? Ce verbe ne se conjugue pas? Les chiants cultivés ne savent pas aimer? Ils doivent s'excuser d'être coincés? Mais ont-ils le droit d'aimer Tess?

Tess: Ça suffit. Je n'ai jamais empêché personne d'aimer.

Neil: Et il y a une bonne manière d'aimer?

Tess: ...

Neil: Tu dis que mon amour est chiant.

Tess: Oui, parfaitement. Toujours raisonné, posé, réfléchi. Moi, je suis la couleur, le sucre, le vent et le sel. J'aime en chantant, en criant, en touchant.

Neil: Je ne sais pas aimer comme toi Tess. Mes mots sont plus timides, mes propos plus retenus. J'aime ta façon d'aimer. Je ne sais pas faire comme toi mais mon amour vaut autant que le tien. Comme celui de Caroline pour Paul.

Tess: Un amour retenu? C'est cela que tu m'offres?

Neil: Ta peau n'a pas la même odeur partout. Il y a des endroits où tu sens toi à m'enivrer. Quand tu es heureuse, on croirait que tu as 10 ans. Peut-être 11 mais pas plus. Tes yeux s'agrandissent puis papillotent. Et en même temps, tu dégages une sensualité désarmante. Tu as de petits gestes de protection, et je sais ton regard sur moi sans en avoir l'air. Tu ne renonces jamais quand tu ne comprends pas, tu fronces le front et tout ton corps devient sérieux. J'ai besoin de toi même si je refuse de te le dire. Quand je te prends dans mes bras, je suis toujours ému. Je t'offre tout cela Tess. Et bien plus, sans dire de mots. Ne juge pas, s'il te plait, ceux qui n'aiment pas comme toi.

Tess: Je ne juge pas Neil. Je ne voulais pas être blessante avec Caroline.

Neil: Tess je t'aime. Ouverte et généreuse. Mais je t'aime aussi catégorique et chiante.

Tess: Et pour la culture?

Neil: C'est pareil Tess. L'essentiel, c'est de se sentir emporté…

Piste 3: **A l'ail**

Neil: C'est non.

Tess: Non?

Neil: C'est non.

Tess: Je ne comprends pas.

Neil: Qu'est-ce que tu ne comprends pas dans le mot « non »?

Tess: Bah... Non... Neil, tu ne dis jamais non! Enfin pour l'instant.

Neil: Oui mais c'est non.

Tess: Tu viens de dire oui.

Neil: Tess, il suffit. C'est non. Je refuse et ce sera mon dernier mot.

Tess: Tu sais que nous allons vers un conflit majeur?

Neil: Pour des courgettes? Tu crois pas que tu exagères peu?

Tess: Neil, il ne s'agit pas de simples courgettes ou de la dose d'ail que tu souhaites y ajouter ou pas. C'est une question de pouvoir. Une question de territoire. Nous jouons notre spatialité commune et notre capacité à dépasser un conflit.

Neil: Pas mal Tess. Tu as le sens de la formule. Mais pour la cuisine, on avait dit que ce ne serait pas un espace partagé. Enfin, entendons-nous bien. Nous le partageons à tour de rôle. Quand je cuisine, c'est mon espace dans lequel tu n'interviens pas et inversement. Ce soir, c'est mon tour et je souhaite faire des courgettes à l'ail. Que tu adores soit-dit en passant. Il n'est pas question de pouvoir ou de territoire. Nous avions posé les règles en amont: aucun conflit n'est possible.

Tess: Waouh… Avec toi les casques bleus sont sauvés. Après avoir résolu le conflit courgettes à l'ail, je pense que l'ONU va t'appeler pour un conseil de politique internationale. C'est le moment de changer de carrière.

Neil: Toujours aussi drôle mon amour. Mais c'est non. Je refuse.

Tess: Quelle histoire pour deux gousses d'ail!

Neil: Laisse-moi faire Tess s'il te plait.

Tess: Écoute Neil. Je te suggère simplement de ne pas mettre d'ail dans tes fabuleuses courgettes que tu assaisonnes si bien. Juste pour changer. Tu peux très bien réussir d'autres recettes. Essayer des épices, de la crème, du gruyère ou je ne sais quoi. Toi qui adore le changement, c'est le moment.

Neil: C'est toi Tess qui adore le changement. Pas moi.

Tess: Ah oui c'est vrai. J'oubliais...

Neil: Comme tu oublies les règles en venant empiéter sur mon territoire.

Tess: Ah tu vois! Il s'agit bien de pouvoir et de territoire! La guerre de la courgette est déclarée. Ça va chier dans les casseroles: les légumes verts, tous avec moi pour défendre votre vraie nature. Huile d'olive et sel sont vos alliés.

Neil: Tu es incroyable. Tu me cherches querelle pour des broutilles et trente secondes après tu plaisantes.

Tess: Tu as tout fait raison. Il est temps de dépasser la symbolique culinaire pour s'attaquer au fond du problème.

Neil: Il y a donc un problème plus important que celui de ma manière de cuisiner les courgettes ce soir?

Tess: Évidemment. Tu me prends pour qui? Tu me crois vraiment capable de rentrer dans ce type de conflit routinier. Et après, on s'engueule pour quoi? Ta manière ou la mienne de plier les serviettes?

Ou la couleur des portes de placard? Je m'en fous de tout ça. Si on s'engueule, je veux que ce soit pour de vraies raisons ou pour le plaisir. Mais pas des détails dont finalement tout le monde se fout. Qui se rappellera du nombre de gousses d'ail ce soir ou si sa serviette était pliée en rond ou en triangle? Quant aux portes de placard… Elles me vont très bien telles qu'elles sont. Rien à carrer de ces conneries.

Neil: S'engueuler pour de vraies raisons ou pour le plaisir?

Tess: Oui, pour ne pas se laisser absorber par du temps sans saveur ou posséder par les choses. C'est le risque quand on vit ensemble.

Neil: Alors pourquoi les courgettes?

Tess: Un prétexte Neil.

Neil: Tu as tort Tess. Les petites disputes du quotidien sont toujours des signes de problèmes plus complexes. Elles sont nécessaires. Appelle cela le pouvoir ou le territoire. Interprète-les comme tu veux. Pour moi, c'est de la régulation. Ni plus, ni moins. Et cela ne change rien à mon amour pour toi. Je n'ai pas peur de me disputer avec toi. Ce n'est pas parce que tu crois t'engueuler sur des choses essentielles que le conflit a plus de valeur. C'est plutôt quand les disputes s'enchaînent et que l'on ne peut plus en voir le sens qu'il faut s'inquiéter. Surtout quand chacun reste sur ses positions et valide une forme de « rupture conventionnelle ». Mais j'imagine que tu ne crains rien de cela…

Tess: Moi non plus, je n'ai pas peur.

Neil: Vraiment Tess? Ce n'est pas parce que tu profites de ta soirée sereinement qu'il faut te sentir obligée de vouloir mettre du piment. Être juste heureux, c'est bien aussi. Toi qui cite souvent les grecs, je te rappelle qu'ils visaient l'ataraxie: la tranquillité de l'âme. Tu devrais y penser.

Tess: Je sais très bien être heureuse!

Neil: Je te cite « s'engueuler pour de vraies raison ou pour le plaisir ». Quel plaisir de se disputer pour des courgettes? Parce que tu conviendras que ce n'est pas une « vraie raison ». Et pour ton histoire de pouvoir et de territoire... Je ne rentre pas dans ce type de débat. Raté. Tu es mon amour pas mon ennemie.

Tess: Se réconcilier.

Neil: Se réconcilier?

Tess: J'aime me réconcilier avec toi.

Neil: Ah ah... Finalement, nous n'avons peut-être pas un problème mais un besoin auquel nous devons répondre.

Tess: Lequel?

Neil: Voici ma proposition Tess. Faisons l'amour et après je te cuisine des courgettes. Mais la prochaine fois que tu as envie de faire l'amour avant de manger, tu ne mêles pas les courgettes à la conversation. Nous sommes d'accord?

Tess: Je ne vois pas de quoi tu parles… Mais je suis d'accord pour faire l'amour. Á une condition. Pour l'ail…

Neil: Tais-toi ou je retire mon offre.

Piste 4: **L'anniversaire**

Neil: Tess, sors de là!

Tess: Non

Neil: Tess, sors de là! Sors, tu es ridicule.

Tess: Comment tu peux Neil? Comment tu peux insister de cette manière?

Neil: Voyons Tess, c'est ton anniversaire! Sors du placard, il faut qu'on parle.

Tess: Précisément c'est MON anniversaire alors je fais comme je veux. Et je ne crois pas avoir évoqué dans les possibilités de ce jour divin, un quelconque rassemblement de nos éventuelles connaissances éclectiques - et encore moins de nos familles délirantes.

Neil: Ma famille n'est pas délirante. Sors du placard.

Tess: Mais non, ta famille est parfaite bien sûr! C'est la mienne qui est délirante. C'est vrai qu'une rencontre entre Sœur Thérèse et Madame à-soixante-ans-on-baise-mieux-qu'à-20, c'est délicieux comme hypothèse.

Neil: Tu parles de nos mères?

Tess: Non, des sœurs du rosaire en pèlerinage dans un bordel...

Neil: Tess! Je sais que tu es fâchée, mais tout de même. Je propose juste un petit repas entre nos familles pour ton anniversaire. Sors du placard s'il te plait!

Tess: Bah oui, et c'est quoi la prochaine étape? On pourra leur parler mariage tant qu'on y est. On dira à ta mère que je me marie en blanc alors que je ne suis plus vierge depuis mes 15 ans et ma mère s'étranglera en m'expliquant qu'un divorce coûte plus cher qu'une noce. Tiens, ce serait une bonne idée comme thème de repas. Après l'anniversaire, le mariage. Soyons bien clichés à mort.

Neil: Enfin ma belle, un repas d'anniversaire, c'est pas une idée de dingue et pas forcément un cliché. On est avec les gens qu'on aime, on passe un bon moment, on reçoit des cadeaux, on se fait gâter un peu le temps d'une journée, d'un repas. Vraiment 15 ans? Tu m'avais dit presque 18 il me semble?

Tess: 15 ans, c'était pour être sûre que ta mère s'étrangle. Presque 18 ans, c'est quasi majeur, pas assez provoc pour moi. Comment te dire Neil? Tu me fais chier. Un par un. Un par un. Un par un.

Neil: Un par un? Je ne comprends pas.

Tess: Redonne-moi tes arguments et un par un, je t'explique pourquoi c'est pas possible. Espèce de tordu.

Neil: Bien reprenons. Mais tu sors du placard.

Tess: Arrête d'employer ta voix de réunion. Je ne suis pas ton employée. Tu veux m'obliger à faire quelque chose alors que je t'ai dit non et si tu crois que c'est avec ton air moralisateur et ton discours à la Descartes que tu m'auras, tu te gourres complètement.

Neil: Promis, je fais un effort pour être moins moi. Sors du placard.

Tess: Tu sors de ton costume de boulot à la con et je sors du placard.

Neil: Vendu. Tu peux sortir.

Tess: On y va. Premier argument?

Neil: Euh, je sais plus... tu es avec les gens que tu aimes?

Tess: Premier argument, première erreur fatale. D'abord, j'aime pas ta famille. Soupire pas, c'est vrai et cela faisait partie du contrat. En aucun cas t'aimer signifie aimer ton père, ta mère, ta fratrie, papi Paul ou tata Huguette. J'ai pas pris le pack office. Juste l'option de base. En plus, ta mère me tétanise avec ses airs de toute douce bien policée. Sa constipation est contagieuse.

Neil: Bien. Je prends note.

Tess: Arrête, on n'est pas en réunion!

Neil: Ma belle, j'essaie d'encaisser avec recul les gentillesses que tu débites sur ma famille. Pardonne-moi ce ton protocolaire.

Tess: Admettons.

Neil: Tu es tellement délicieuse... Et ta famille? Amour, haine, dédain?

Tess: Je ne suis pas un monstre Neil.

Neil: Ouf, j'ai tremblé!

Tess: Neil!

Neil: Mon amour... Ta famille?

Tess: Je les aime mais de loin. De près, je les déteste. J'ai envie de les couper en tout petit bout. Comme tu le fais avec tes poivrons.

Neil: CQFD et tellement pratique pour un anniversaire.

Tess: Tu comprends pas Neil. Je n'ai pas grandi comme toi. Avec des rites, des codes qui te donnent l'illusion d'être « normal » ou d'appartenir à l'ordre social. Moi, j'ai vite pigé que la normalité n'existe pas et que tout cela était une vaste mascarade où chacun essaie de se rassurer. Je veux pas participer à tout cela ou agir comme si je validais ce modèle.

Neil: Heureusement que nous parlons juste d'un repas d'anniversaire et pas de politique...

Tess: Tu te moques alors que je te livre mes pensées.

Neil: Mais non, je relativise. Mon deuxième argument: passer un bon moment? Recevoir des cadeaux?

Tess: Passer un bon moment... les cadeaux... l'hypocrisie par excellence. Tout le monde se fait chier à trouver quelque chose et toi tu te fais chier à faire semblant que cela te plait. C'est perdant/perdant. Je ne sais pas recevoir. Je n'ai jamais su. Je veux bien offrir par contre.

Neil: Tu adores offrir.

Tess: C'est différent.

Neil: Toi tu veux bien chercher le cadeau qui fait plaisir et profiter de la joie de l'autre mais tu refuses ce plaisir à l'autre? C'est curieux comme raisonnement...

Tess: C'est comme ca, c'est tout. C'est un fait.

Neil: Te faire gâter est impensable?

Tess: C'est pas ça.

Neil: C'est quoi alors?

Tess: Arrête Neil. En fait, il n'y a que toi que j'aime de près et de loin. Je veux pas être gâtée. J'ai pas huit ans, je sais m'occuper de moi. Les bons moments, c'est quand j'en ai envie ou alors ils apparaissent par surprise. Mais je les prévois pas sur le calendrier. Et les cadeaux, c'est … compliqué. Cela me gêne même quand ils me plaisent parce que je ne sais pas recevoir. Alors les gens qui me les font sont déçus. Et moi je m'en veux de ne pas avoir su exprimer ma joie. Alors tu vois, pour toutes ces raisons, mon anniversaire je ne sais pas quoi en faire. Mais certainement pas un repas de famille... Et si tu m'aimes comme je suis, tu devrais l'accepter.

Neil: Tu as raison

Tess: Vraiment?

Neil: Tu as raison. Je n'ai pas à t'imposer cela. On peut faire différemment. Avec... moins de code?

Tess: J'ai envie de t'embrasser.

Neil: On peut faire sans la famille. J'invite les Dupond?

Tess: Neil! Tu fais chier

Neil: Je plaisante Tess. Viens vers moi, je vais te gâter. Aujourd'hui, j'ai le droit, ce n'est pas ton anniversaire…

Piste 5:   **La texture du temps**

Tess: Tu vas bien?

Neil: Parfaitement bien.

Tess: Vraiment?

Neil: Vraiment.

Tess: Allons Neil, qu'est-ce qui t'embête?

Neil: Absolument rien. Je vais très bien. Je te remercie.

Tess: Comme tu veux. Mais je n'aime pas quant tu es comme cela.

Neil: On devrait se faire un ciné ce week-end. On dit toujours qu'on ira et finalement...

Tess: Finalement, on reste au lit. Parce que c'est meilleur qu'un film. On est allé combien de fois au ciné depuis qu'on se connaît?

Neil: Une fois en fait... Peut-être deux.

Tess: Voilà. Et on a fait combien de fois l'amour?

Neil: Des centaines, peut-être plus.

Tess: Voilà. Forcément. Se caler devant un écran dans le noir pendant deux heures sans se parler ou... se lover contre ma peau dans le clair-obscur en s'écoutant l'un l'autre. Franchement, il y a de quoi hésiter.

Neil: Oui mais...

Tess: Oui mais quoi? Enfin Neil, t'es en manque de grand écran? C'est pour cela que je vois ces ombres dans ton regard depuis ce matin? Ok, on va jamais au ciné mais on fait plein d'autres choses. La vraie prouesse, c'est d'avoir maintenu le désir alors qu'on vit ensemble. Et on n'est pas tout le temps au lit non plus. Mais si c'est la garantie de ta rémission, je choisis tout de suite un film. Drame, comédie ou polar? Fais ton choix mon amour, je suis tout ouïe.

Neil: Tu as vraiment de ces expressions parfois... Tout ouïe. On se croirait au 18 siècle...

Tess: Wesh? T'es sérieux là? J'étais en train de m'ambiancer tranquille et toi tu pètes mon délire! T'as vraiment le seum c'te jour.

Neil: Arrête. C'est pas la question d'être au lit tout le temps. Je veux dire souvent.

Tess: Ouf, j'ai cru que le côté catho de ta mère prenait le dessus. Je vais pouvoir continuer à t'aimer.

Neil: Je crois que c'est la question du temps.

Tess: Crise existentielle en vue.

Neil: Tess!

Tess: Pardon mon amour. Parle-moi.

Neil: «C'est comme s'envoler et être enseveli à la fois.»

Tess: Très belle allitération.

Neil: Alli quoi?

Tess: Allitération. Répétition de consonnes pour produire un effet de style. Mais on s'en fout.

Neil: C'est une phrase que j'ai lu chez David Vann je crois. Dans *Un poisson sur la lune...*

Tess: Saine lecture. Et?

Neil: Et?

Tess: Pourquoi tu penses à cette phrase?

Neil: C'est comme ça que je me sens avec toi.

Tess: Alors là par contre, excuse-moi, mais je décroche. Un poisson sur la lune, c'est pas l'histoire du mec qui cherche à se suicider durant tout le bouquin?

Neil: Si. Précisément.

Tess: Et donc, tu te sens comme ça avec moi? Charmant. Déjà que tu parles de moi avec tout le registre de la maladie. Je sais pas comment le prendre.

Neil: Sois pas bête. Je ne pense pas à cette histoire mais à cette phrase. C'est la manière dont je vis le temps avec toi.

Tess: Tu peux être plus explicite s'il te plait?

Neil: Juste toi et moi.

Tess: Comment cela, juste toi et moi?

Neil: Quand nous sommes tous les deux. Sans personne d'autre. Le temps change de texture.

Neil: Mais nous vivons ensemble! Nous sommes tous les deux tout le temps! Alors tu es toujours perdu dans le temps avec moi? Comment le temps se texture-t-il? En toile d'araignée?

Tess: Ne dis pas toujours. Jamais.

Neil: C'est un oxymore?

Tess: Je veux que tu te sentes libre. Pas enseveli, prisonnier. Ton temps texture me fait flipper.

Neil: Je vais t'expliquer Tess. Enseveli, c'est ta présence: parce que tu es toujours toi et le présent devient réel. Quand nous sommes tous les deux, en fait le temps ne passe plus. Il change de texture. Ce n'est pas du temps qui coule. Mais du temps qui ne se compte pas. Avec toi, je ne suis ni au passé, ni au futur. Je suis dans l'instant. Infiniment présent à toi, avec toi. Comme tu l'es avec moi. C'est en ce sens que je suis enseveli.

Tess: J'accepte.

Neil: Et je m'envole parce que du coup, tout est possible à chaque instant. C'est une liberté de soi sans limite. Je ne me demande jamais qui je suis, je ne joue pas, je suis juste moi. Une liberté sans limite comme on a jamais avec l'autre. Et avec toi, je peux l'avoir. Je peux tout avoir Tess.

Tess: Alors pourquoi tu es triste?

Neil: Je ne suis pas triste. Je suis ivre de temps, de liberté. J'ai peut-être la gueule de bois?

Tess: J'ai envie de toi. Allons arrêter le temps.

Piste 6 : **Famille(s)**

Tess: Pile ou face?

Neil: Tess!

Tess: Pile ou face? Choisis ton camp camarade!

Neil: Tu veux jouer les 15 prochains réveillons de Noël à pile ou face?

Tess: Tu as une autre idée?

Neil: Discutons, nous sommes des adultes et nous trouverons un compromis.

Tess: Tu te crois au bureau? « *Lucie, apportez-nous un café je vous prie, j'entame une phase de négociation avec notre partenaire...* »

Neil: Tu es plus que ma partenaire chérie.

Tess: Et Lucie n'apportera pas le café. Ca fait deux heures qu'on discute sans avancer. Donc plan B.

Neil: Deux heures. Tu es large. Combien de soirées?

Tess: D'où ma proposition: Pile ou face?

Neil: Soit un Noël sur deux, dans ta famille ou la mienne, pendant deux jours... Soit on fait moitié/moitié chaque année. Le réveillon chez l'un et le lendemain chez l'autre? Et c'est valable pour 15 ans?

Tess: Voilà. En sachant que de toute façon, faudra faire bonne figure et allez voir les deux. Je suis déprimée à l'avance... Toute ma famille est dingue et la tienne fait chier à en pleurer. On se suicide à la corde ou au curare?

Neil: Tess! Tout de même. Tes sœurs sont fragiles et ta mère bien courageuse. Et mes parents ont su me donner des bases solides.

Tess: Tu te fous de ma gueule? Mes sœurs prennent des petites boules arc-en-ciel tous les soirs, et je peux t'assurer que ce ne sont pas des smarties, même si elles voient la vie en couleur après. Ma mère...pfft... sœur martyre, priez pour nous. Heureusement qu'elle est pas coincée du cul comme tes parents: ses amants colorent les repas. J'ai adoré le dernier.

Neil: Pedro... Le charme espagnol...

Tess: Il était brésilien connard. Et il s'appelait Miguel.

Neil: En espagnol, tu le dis comment?

Tess: Shithead, ça te parle? Karaï!

Neil: Mes parents ne sont pas coincés comme tu le dis.

Tess: Tu crois que la lumière était allumée quand ils t'ont conçu?

Neil: Tess! Tu parles de mes parents quand même!

Tess: Précisément. C'est pas avec toi que je devrais en parler, ni avec ta mère le soir de Noël, entre deux biscuits à la cannelle... Et alors, tel père, tel fils, un orgasme à chaque fois?

Neil: Tess! On ne peut pas discuter avec toi.

Tess: Si, mais tu peux pas tout entendre. Bref, ta famille ou la mienne c'est l'enfer pour les autres et pire pour les fêtes. Merci Sartre.

Neil: Je pensais plutôt à la tragédie grecque.

Tess: Pas faux. Sauf que question cul... tes parents seront en syncope dès l'introduction. Parce que chez les grecs, tragédie ou pas, no limit!

Neil: On avance pas Tess.

Tess: Avancer dans ce merdier, ce sera dur chéri.

Neil: Tu proposes quoi?

Tess: J'aime pas tes parents. Et ils ne m'aiment pas. Enfin, ta mère m'adore une fois sur deux. On parle pas la même langue. Vivre selon des principes ou répondre à des normes, si pour eux c'est idéal, c'est pas un label qualité « bonne personne » pour moi. Je veux juste être moi, sans qu'on me juge. Ma famille c'est l'arche de Noé, tu as de tout. Mais c'est fatiguant.

Neil: Je résume.

Tess: Evidemment. Rationalise.

Neil: D'un côté, Noël avec ta famille. Repas du monde, confidences et pleurs entre le plat et le fromage et danses folkloriques au dessert. Un petit retour sur ton père, le connard qui a abandonné tout le monde, et tous les autres hommes…qui auront besoin de se justifier. Joyeux mais toujours à la limite du dépressif.

Tess: Pas mal. Et de ton côté?

Neil: Cadencé repas de Noël à l'américaine mais on se la joue à la française. Bons sentiments et dinde au four. Propos convenus entre bien-pensants. Ma mère parle, mon père acquiesce. Et si mon père parle, ma mère le corrige.

Tess: Dans les deux cas, une soirée de merde…

Neil: Oui.

Tess: Alors?

Neil: Pile.

Piste 7: **Désir d'enfant**

Tess: C'est hors de question!

Neil: Pourquoi?

Tess: C'est hors de question, c'est tout. Non, je veux pas. J'ai dit non, c'est non.

Neil: C'est une décision qu'on prend à deux.

Tess: Pardon? C'est mon corps mais tu veux qu'on décide à deux? Tu m'as déjà fait chier pour qu'on vive ensemble. J'ai cédé. C'est pas tous les jours la fête... Et maintenant tu veux un gosse? Merde.

Neil: Mais Tess, tout le monde veut des enfants.

Tess: Tu me fais chier. Je ne suis pas tout le monde. Et moi, je ne veux pas d'enfant. Et c'est pas toi qui va décider pour moi en me faisant croire qu'on prend une décision à deux. Il n'y a pas de nous: il y a toi et il y a moi. Un et un. Pas un plus un. Moi, je ne veux pas. Mon corps ne veut pas. Il faut être cinglé pour faire un gosse dans un monde comme le nôtre. Fin de la discussion.

Neil: Il y a un nous et cet enfant serait nous. Ton corps a toujours envie du mien. Je sais que tu m'aimes. Avoir un enfant serait facile.

Tess: Pauvre taré. Facile? Facile de le faire oui. Je te l'accorde, pour cela t'es un champion. Mais le reste Neil? Tout le reste? Être deux, c'est déjà compliqué, alors trois... Mon corps va changer. Je veux bien vieillir mais pas enfanter. Et, je devrai donner la vie pour la regarder mourir?

Neil: Mais qu'est-ce que tu racontes?

Tess: Dès le moment où ton enfant naît, tu sais qu'un jour il va partir, tu sais aussi qu'un jour il va mourir. Et entre temps, il va évoluer dans un monde de merde où chacun ne pense qu'à soi. Il sera seul au milieu des autres alors que le monde s'écroule. Tu regardes pas les infos Neil? L'eau, la chaleur, les espèces qui disparaissent tous les jours, tous ces gens qui crèvent à force d'avoir rien à bouffer alors que d'autres vont crever à force de trop bouffer? C'est quoi la logique?

Neil: Tu t'égares Tess. Tu mélanges tout. Reprenons dans l'ordre.

Tess: T'es pas en train de jouer à Tetris Neil. Je suis pas un puzzle qu'il faudrait remettre en forme. Tu te prends pour le grand architecte de ma personne? «Tess est en désordre, je vais tout remettre d'équerre.»

Neil: Ca frise l'hystérie alors que je n'exprime qu'un désir naturel: celui d'avoir un enfant avec la femme que j'aime.

Tess: Femme? Femme qui ne partage pas ce désir. Je refuse que mon corps soit le vecteur de ton désir de paternité: un moyen de laisser une trace sur terre. Je suis plus que cela.

Neil: Stop Tess. Bien sûr que tu es plus. C'est simplement parce que je ne peux pas moi-même porter cet enfant. Sinon je le ferai.

Tess: Parfait, tu reconnais que si tu pouvais faire cet enfant seul, tu le ferais. Donc, cela n'a rien à voir avec moi. Tu veux un enfant. De moi ou pas, mais comme il te faut un utérus...

Neil: C'est faux, ce n'est pas ce que j'ai dit. Je veux un enfant avec toi, et par conséquent de toi, puisque je ne peux pas le faire moi-même. Techniquement, que tu le veuilles ou non, je suis un homme et tu es une femme. Par conséquent... Mais si je pouvais assumer la grossesse, je le ferai.

Tess: CQFD. Ça mange pas de pain de le dire. Typiquement masculin. On en reparle après les vergetures, les nausées et les premières contractions...

Neil: Tu tombes dans les clichés. C'est un pouvoir immense de pouvoir donner la vie.

Tess: Et tu parles de clichés...

Neil: La grossesse est une étape. Tu n'es pas seule. Je suis là, à tes côtés. La vie, ce n'est pas que de la merde, le monde n'est pas qu'égoïste, les enfants sont des possibles.

Tess: Désolée. Je ne suis pas assez folle pour tout cela. L'avenir m'angoisse, mon avenir m'angoisse mais aussi celui des autres, alors celui de mon enfant, je t'explique pas! Et la question du corps... m'est personnelle. Je n'ai pas besoin d'être mère pour me sentir femme. Je suis déjà une femme. Tu dis m'aimer alors au lieu de me demander de te prêter mon ventre pour produire un nous – d'ailleurs le pauvre de nous ressembler! -, accepte moi telle que je suis.

Neil: Tu as raison.

Tess: Ah enfin!

Neil: Tu as raison. Cet enfant pourrait avoir ton caractère, ce serait une catastrophe!

Tess: Connard! Pourquoi tu m'aimes alors si je suis si invivable?

Neil: Tu n'es pas invivable. Tu fais tout pour te rendre telle. Et mon amour pour toi, je dirai…la part d'inexplicable.

Tess: Pardon?

Neil: Même dans mon univers à moi, chiant, classé, ordonné, il y a cette part. Je peux te donner des milliers de raisons pour t'expliquer que je t'aime Tess. Mais aucune d'elle n'est valable. Je t'aime, c'est tout. Et moi, j'ai la force, le courage ou la folie, appelle cela comme tu veux, de le reconnaître. Oui, j'ai voulu vivre avec toi. Oui je t'aime. Oui, j'ai envie d'un enfant de nous. Je peux pas l'expliquer.

Tess: Accepte alors que je puisse avoir envie d'autre chose. Je peux pas l'expliquer non plus.

Neil: Je sais que tu m'aimes. Il y a autre chose. Peut-être que…

Tess: Peut-être que?

Neil: Ta réaction est disproportionnée. Peut-être que tu devrais en parler à quelqu'un.

Tess: En parler à quelqu'un?

Neil: Oui. Un psy…

Tess: Exceptionnel. Les trois quart de l'humanité marchent sur la tête et forniquent à tout va sans se soucier de la suite et parce que moi, j'ai une once de lucidité pour ne pas participer cette joyeuse débâcle insouciante, parce que j'ai un minimum le sens des responsabilités, je devrais consulter?

Neil: Reconnais que tu as toujours eu des rapports compliqués avec ta mère.

Tess: Pitié. Laisse ma mère là où elle est. Manquait plus qu'elle dans la conversation. Décidément, les clichés tiennent bon. C'est pas à cause de mon passé que je ne veux pas d'enfant, c'est à cause de l'avenir!

Neil: Tu as peur Tess. Tu es une trouillarde. Tu as peur d'être heureuse. Tu as peur d'aimer cet enfant.

Tess: Neil, arrête la psy de comptoir s'il te plait. J'ai dit non.

Neil: …

Tess: Tu ne dis plus rien?

Neil: Je réfléchis.

Tess: Prends ton temps. C'est pas si souvent.

Neil: Tu sais ce que je vais faire?

Tess: Nous commander une pizza? Quatre fromages pour moi. Avec une bière. Ah bah non, c'est mauvais pour le bébé...

Neil: Puisqu'il n'y a rien de rationnel dans l'amour ou dans le désir d'enfant, je vais parler à ta part d'irrationnel. Je vais t'aimer Tess. Je vais t'aimer à t'en faire crever d'envie d'avoir un enfant avec moi. Je vais faire exploser d'amour ton sens des responsabilités et tes jolies barrières de lucidité. Tu sais que je suis tenace.

Tess: ...

Neil: Je te prends une bière chérie. Profite. En cloque, tu ne pourras plus.

Piste 8:   **Retour de soirée**

Tess: Chut, ne parle pas si fort…

Neil: Non mais tu plaisantes?

Tess: Chut, je te dis. Tu vas réveiller le petit.

Neil: Tu rentres à 3 heures du matin, ivre morte et c'est moi qui vais réveiller le petit?

Tess: Neil, tu exagères! Je suis ivre, c'est certain mais pas morte. Regarde mieux. Et il est 3H27, sois précis s'il te plait. Dernier biberon du petit? C'était quelle heure?

Neil: Je n'ai pas de compte à te rendre. Tu n'avais qu'à être là.

Tess: Pardon? Je m'absente une soirée et je suis déjà une mère indigne? Waouh! Je suis trop forte. J'aurai dû boire double pour fêter cela.

Neil: Je ne crois pas. Et, je n'ai pas dit que tu étais une mère indigne. Seulement que tu rentrais tard et pas trop fraîche… Et tu parles fort.

Tess: Je suis fraîche Neil. La meuf la plus fraîche que tu connaisses! Et une bonne maman en plus. On était d'accord pour ma petite soirée copines. Mais là, je suis tellement fraîche que j'ai envie d'un after. T'es prêt chéri?

Neil: Un after?

Tess: Ouais, fraîche et chaude Neil. T'as pas envie de me câliner?

Neil: Tu plaisantes? Tu crois que j'ai envie de te faire l'amour?

Tess: Dis comme ça, c'est presque vexant. Tu as envie de faire l'amour avec quelqu'un d'autre? Ou alors, tu sais plus bander? C'est le problème avec les papas stressés. Ils ont du mal à concilier virilité et couches-culottes. Une paternité affirmée, c'est trop d'hormones féminines, ça entame la libido…

Neil: Ca suffit Tess. Ok pour la soirée filles. Les insultes et le reste, j'ai pas signé. Et je bande très bien, je te remercie.

Tess: Ouais, une fois par mois et encore. Faut que le vent aille dans le bon sens. On en est où ce soir? Grand vent de l'est ou petite bise du nord?

Neil: Tess!

Tess: Chut le petit! Bon bah, petite bise du nord alors. Tu bandes plus Neil. En tout cas, plus pour moi. Ton désir est ailleurs. Il n'est plus sexuel.

Neil: Tu as trop bu, je comprends rien. Un désir non sexuel…Va au lit!

Tess: J'ai pas dix ans et si tu veux donner des ordres à quelqu'un, le petit est dans la chambre, mais il a dix mois et il est déjà dans son lit.

Va au lit toi-même. Seul et sans désir. C'est d'une tristesse... Je crois que je vais chialer...Oh et puis non!

Neil: Arrête Tess. Tu es vraiment... chiante quand t'as bu.

Tess: Je sais... Même quand j'ai pas bu, je suis chiante.

Neil: J'ai encore du désir. Je suis juste fatigué ce soir et je ne pensais pas que ta soirée copines tournerait à l'orgie alcoolique.

Tess: T'as plus de désir sexuel pour moi. Peut-être pour la voisine? Prends pas un air désolé. T'as du désir de mec sérieux et triste. Bien dans ses petites cases. Du désir de papounet bien rangé coincé dans sa vie et content de l'être. Et t'as tort de critiquer mes copines. Elles boivent moins que tes potes et elles prennent tout le temps ta défense. Ça m'agace d'ailleurs. Merde, ce sont mes amies, pas les tiennes.

Neil: Ah, j'ai un fan club?

Tess: « Neil est tellement formidable...Quel père en or! Il est sérieux, solide... Un mec sur lequel on peut s'appuyer. Vraiment ton Neil, il faudrait en faire des doubles... etc.... » A gerber. Mauvaise série télé.

Neil: La vérité sort de la bouche de tes amies!

Tess: Je devrais leur dire que le père en or baise plus. Ça les calmerait!

Neil: J'imagine que du coup, il n'y aurait pas de saison 2 à ta série télé...

Tess: Non mais dis-d-on? Tu dérapes Neil. Le sarcasme m'appartient.

Neil: Je suis très contrarié Tess.

Tess: Houlà, quand tu prononces mon nom ainsi, c'est que cela ne rigole pas! Chéri sois contrarié mais n'oublie pas de me faire l'amour

Neil: Je refuse de te faire l'amour dans cet état.

Tess: Neil! Tu parles de mon état ou du tien? Ni pute, ni soumise, j'ai pas adopté un mec dans mon caddie et aucun porc à balancer. Je suis prête, faisons l'amour. Par contre toi... dans cet état.

Neil: Je suis dans mon état normal. Tu ne peux pas en dire autant.

Tess: C'est vrai. Normal et chiant.

Neil: Arrête avec ça. Je vais très bien. Cela suffit! Tu vas au lit

Tess: NOUS allons au lit. Mais avant, je prends une douche.

Neil: Très bonne idée.

Tess: Pour que tu me caresses, je préfère sentir bon...

Neil: Stop, je te toucherai pas.

Tess: Ça, c'est que tu crois. T'es contrarié et tu bandes moins. Ok. J'ai un brin trop bu, on va pas se mentir. Mais... moi j'ai envie, toujours, encore. Je vais te montrer Neil à quel point je t'aime même quand t'es chiant. A quel point, je suis amoureuse de toi, même maman et cuite à 3 heures!

Neil: Et romantique...

Tess: Quoi romantique? Tu te fous de moi?!

Neil: Non Tess. Tu me blesses et tu me câlines. Tu dis le mot « baiser » toutes les trois secondes mais je n'ai jamais connu femme plus délicate dans l'intimité. Je te connais Tess. Bien mieux que toi d'une certaine manière. Pourtant, j'ai besoin de mots, j'ai besoin de savoir, de t'entendre, que tu nommes, exprimes, cries, exiges mais avec des mots. J'ai besoin de savoir que tu m'aimes même cuite à trois heures du matin. Tu viens de me donner ce qui manquait à mon désir.

Tess: Tu recommences avec tes mots Neil. Je vais prendre une douche.

Neil: A tout de suite ma belle.

Piste 9:   **Encore**

Neil: Le parfait cliché!

Tess: Et alors?

Neil: C'est moi le chiant et tu me balances un cliché pareil! Excellent. Dans deux secondes, tu vas me dire que c'est toi le meuble. Je t'ai connu plus créative. On sort les kleneex ou on regarde un Klapich? Parce que là, franchement…

Tess: Je croyais que tu aimais Klapich?

Neil: Pas quand il s'installe dans mon salon.

Tess: Et bien, il va falloir changer beaucoup de choses.

Neil: Encore? La cuisine ca fait deux fois. Notre chambre trois. Et le canapé…? Je ne compte plus. Je suis sûr qu'il y a des acheteurs sur Le bon coin qui attendent frénétiquement tes changements d'humeur. Youpi, c'est le printemps, ils vont refaire le salon…

Tess: Merde Neil. Et qui parle de meuble? Tu rapportes tout au matériel. Je parle d'autre chose.

Neil: Le printemps est de retour, tu recommences à jurer. Voilà une habitude qu'on pourrait changer à la place du canapé.

Tess: Tu peux changer tout ce que tu veux… Tout ce que je veux… Ça fait chier mais nous avons des habitudes.

Neil: Et alors?

Tess: Je veux pas d'habitudes entre nous.

Neil: Ça, j'ai compris.

Tess: Mais je veux que tu m'aimes toujours. Je veux que tu sois toujours le vent.

Neil: Tu m'égares Tess. Tu veux que je sois « toujours ». Ce mot dans ta bouche, j'en frisonne.

Tess: Frissonne pas. Fais-moi le vent. C'est moi qui dois frissonner.

Neil: Bien. J'essaie de comprendre. Je dois toujours t'aimer de façon déraisonnable. Et il te faut des habitudes… de liberté? J'ai bon?

Tess: Voilà!

Neil: Bah oui, voilà un bel oxymore!? Le soleil noir, l'aigre-doux, le clair-obscur, des habitudes de liberté…

Tess: Exactement. Le soleil qui t'éblouis et tu fermes les yeux, la cuisine chinoise, la lumière dans la peinture d'Hopper, toi et moi…

Neil: Toi et moi?

Tess: Tu es les habitudes et moi la liberté.

Neil: Ben voyons. Forcément. Parfait! Que me reproches-tu alors? Je suis toujours aussi chiant, tu me le dis tous les jours. Une horloge, le temps suspendu, gris, fade, terne, tout y est passé... Que veux-tu de plus?

Tess: Mais je suis horrible!

Neil: C'est rien de le dire mon amour. Heureusement que je t'aime.

Tess: Et bien recommence!

Neil: Recommence? Mais qu'est-ce que tu racontes?

Tess: Recommence à m'aimer toujours. Tu as dépassé les habitudes et tu me tues. J'étais habituée à ton amour sans limite, tes demandes raisonnables, ta manière de me bousculer avec des gants en ouate comme si tu caressais une statue de sable.

Neil: Tess, tu m'inquiètes.

Tess: On dit flipper.

Neil: Tess, tu m'inquiètes.

Tess: Tu ne demandes plus rien, même le raisonnable, tu ne me bouscules plus, tu glisses sans me frôler, je reste un château de sable. Mais les vagues ne viennent plus me lécher les pieds.

Neil: Je pars brûler un cierge, on croirait du Lévy !

Tess: Merde, putain, tu me fais chier !!!

Neil: Alléluia, tu es de retour.

Tess: Arrête de me piquer mes répliques. J'ai besoin de te sentir, partout, tout le temps. Je veux, je veux, je veux être ta seule habitude.

Neil: Saine résolution. Je vais annuler tous mes autres rendez-vous.

Tess: Neil, arrête! Je veux être ta seule habitude mais sans en être une. Je veux que tu me regardes sans me saisir, que tes lèvres me cherchent sans s'assécher, que tes mains s'apaisent à mon contact sans manquer de désir. Je veux tout. Toujours.

Neil: Comme d'habitude!

Tess: Neil... tu m'agaces sérieusement

Neil: Je t'aime très sérieusement Tess. Toujours, tout le temps et pas par habitude.

Tess: Vrai?